Alicia
y
Greta

Dedicado a: Eileen, Sara, Caroline,
Julia, Nick y Cliff—
con mucho cariño, y ¡gracias por escuchar!
—S.J.S.

A S.R.B.
con cariño y gracias
—C.M.

Text copyright © 1997 by Steven J. Simmons
Illustrations copyright © 1997 by Cyd Moore
Translated by María C. García
Translation copyright © 1999 by Charlesbridge Publishing
An original production by

PERCHERON
PRESS

A *TALEWINDS* BOOK

Published by Charlesbridge Publishing
85 Main Street, Watertown, MA 02472
(617) 926-0329
www.charlesbridge.com
visit the *Alice and Greta* web site at www.aliceandgreta.com

Library of Congress Cataloging-in-Publication Data
Simmons, Steven J., 1946—
[Alice and Greta. Spanish]
Alicia y Greta/by Steven J. Simmons [traducido por María García];
ilustrado por Cyd Moore
p.   cm.
"A Talewinds book."
Summary: Two young witches use their powers in opposite ways,
one helping people and the other making mischief.
ISBN 0-88106-133-6 (softcover)
[1. Witches—Fiction. 2. Magic—Fiction. 3. Spanish language materials.] I. Moore, Cyd, ill.
II. Title.
PZ73.S626   1999
[E]—dc21   98-53798

Printed in the United States of America
10 9 8 7 6 5 4 3 2 1

The illustrations in this book were done in watercolor on Lanaquarelle watercolor paper.
The display type and text type were set in Jokerman, Whimsy, and Leawood.
Color separations were made by Anchor Imaging.
Printed and bound by Lake Book Manufacturing, Inc.
This book was printed on recycled paper.
Production by Antler & Baldwin, Inc.
Designed by Sallie Baldwin

Alicia y Greta

UN CUENTO DE DOS BRUJAS

Steven J. Simmons
Ilustrado por Cyd Moore

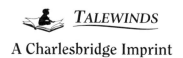

TALEWINDS

A Charlesbridge Imprint

Había una vez, hace mucho tiempo, dos brujas que vivían en la cima de una montaña. Aunque ambas miraban el mismo paisaje, cada una lo veía de forma diferente.

¡No se acerquen!

Alicia lo veía todo de color de rosa y de ese color le gustaba vestirse.

A Greta, por el contrario, le atraían los problemas. A ella le gustaba vestirse de un verde ponzoñoso que le parecía tan malévolo como su personalidad.

¡Oh, cuán diferentes eran Alicia y Greta!

Alicia y Greta se conocían desde que eran unas pequeñas brujitas y asistían a la Escuela de Magia de la Señorita Milda Moho. Allí, las dos habían aprendido los mismos hechizos,

. . . los mismos embrujos,

¡Gracias por las verrugas, Alicia!

GRRREEETAAAA!

. . . los mismos conjuros,

Alas de mosca, huesos de dragón, aliento de pulgas y patas de ratón . . .

. . . y los mismos brebajes.

Pero usaban su magia de manera muy diferente.

Mientras que los hechizos de Alicia eran siempre encantadores . . .

. . . los de Greta eran terriblemente diabólicos.

La Regla del Brumerang:
Todos los embrujos,
todos los hechizos,
volverán
sin duda
a aquél
que los hizo.

La Regla del Brumerang

Greta nunca hacía su tarea y muchas veces se distraía en clase. El día que los alumnos estudiaron la lección más importante de todas, ella, como de costumbre, se entretuvo haciendo travesuras.

El tiempo pasó volando y llegó el día de la graduación. Alicia y Greta echaron a volar por el mundo para practicar sus hechizos y hacer sus brujerías.

Un día, Alicia volaba muy alto sobre la orilla del mar, cuando vio un barco encallado en un banco de arena. Alzó su varita mágica y moviéndola en círculos por encima de su cabeza, susurró:

¡Ven ahora, Luna! ¡La marea subirás,
y a esta familia de paseo llevarás!

Una ola inmensa se precipitó hacia el barco, lo levantó del banco de arena y lo puso a salvo. La familia se despidió, dándole las gracias.

Del otro lado del mundo, Greta utilizaba
el mismo hechizo, pero de otra manera. Vio unos
niños que construían un castillo de arena en la
playa. Habían trabajado muchas horas haciendo las
torres, los túneles y los fosos.

Apenas terminaron, Greta alzó su varita mágica y
moviéndola en círculos por encima de su
cabeza, susurró:

¡Ven ahora, Luna! La marea subirás,
   y este castillo de paseo llevarás!

Una ola enorme se estrelló en la playa,
arrastrando el castillo de arena hacia el mar.
"¡Ja, ja, ja!" Greta se rió a carcajadas. Y
desapareció en una nube, mientras los niños
corrían llorando hacia sus mamás.

Alicia, mientras tanto, había
encontrado un niñito en el
campo que llamaba a su
cachorrito perdido. Alicia sabía
lo que tenía que hacer. Movió
su varita mágica y exclamó:

¡Alcarín, alcarece!
¡Cachorrito, aparece!

Del bosque salió corriendo
un cachorrito ovejero. El niño,
agradecido, lo recibió con los
brazos abiertos.

En ese momento, Greta estaba muy ocupada
haciendo fechorías. Había pasado por el campo
de fútbol de una escuela donde se jugaba un
campeonato. Una niña estaba a punto de meter un gol,
cuando Greta movió su varita mágica y exclamó:

¡Alcarín, alcarece!
¡Balón, desaparece!

No solamente desapareció el balón de la niña, sino
también todos los balones del campo de fútbol.

Las perplejas jugadoras buscaron los balones hasta
que oscureció, pero no hallaron ninguno. Todas se fueron
a casa, confundidas y frustradas. Greta sonrió y voló a su
cueva, muy complacida con su artimaña.

Al día siguiente, Greta saboreaba su acostumbrada taza de lodo. Estaba aburrida. Era hora de armar un lío, ¿pero dónde? Echó unas cuantas cosas en el caldero. Cuando el humo se despejó, echó una mirada al brebaje y murmuró:

Es hora de mezclar, hora de burbujear,
¡Armaré un descalabro en algún lugar!

En su brebaje burbujeante, vio el patio de una escuela y unos niños que jugaban alegres. Greta se montó en su escoba y voló en busca de la escuela.

A los pocos minutos, llegó al sitio que había visto en el caldero. Frotándose las manos con deleite, Greta dijo: "Los niños son muy dulces, pero yo los puedo hacer aún más dulces..." Entonces, agitó su varita mágica hacia las nubes esponjosas y riéndose dijo:

¡Lapi, lape, lupi, lopa,
Nubes, derramen mi pegajosa sopa!

Con un estallido y un relampagueo, las nubes esponjosas dejaron caer sobre los niños millones de malvaviscos derretidos. Al principio, los niños estaban encantados. Pero cuando se dieron cuenta de que quedaban atrapados en la lluvia pegajosa, empezaron a pedir ayuda. Greta no paraba de reír.

Alicia oyó sus llantos y apareció detrás de una nube.
Pero antes de que pudiera alzar su varita mágica para
ayudar a los niños, Greta la divisó: "¡Oh no, tú no!"
exclamó, apuntando su varita mágica hacia Alicia.

¡Yadi, yade, yodi, yido,
Más dulce para mi cocido!

Millones de malvaviscos cayeron sobre Alicia. Antes de que pudiera darse cuenta, ella y su escoba cayeron a tierra y quedaron enterrados en la mezcla pegajosa. Alicia había quedado completamente indefensa y sin poder alzar su varita mágica.

Alicia se esforzaba por salir del apuro. Entonces se acordó de algo que había aprendido en la escuela. Lanzó una mirada a Greta y pronunció estas palabras:

Todos los embrujos, todos los hechizos,
volverán sin duda a aquél que los hizo.

Como nada sucedió, Alicia agregó un poquito de su propia magia.

¡Que sea pronto, sin tardar!
¡Necesito ayuda, no puedo esperar!

Entonces, Alicia y los niños lograron liberarse y la mezcla pegajosa cayó, ¡catapum!, sobre Greta.

Los niños rodearon a Alicia y gritaron a la vez: "¡Hurra!"

Desde entonces, Alicia vive en su cueva, en la montaña, desde donde la vista es cada día más bella.

Y, por el momento, Greta no se puede mover hasta que aprenda algo que debió haber aprendido hace mucho tiempo.